365夜
亲子故事
秋季卷

李莹·编著

吉林出版集团

北方妇女儿童出版社

图书在版编目（CIP）数据

365 夜亲子故事·秋季卷 / 李莹编著.－长春：北方妇女儿童出版社，2011.11

ISBN 978-7-5385-5953-8

Ⅰ.①3… Ⅱ.①李… Ⅲ.①儿童故事－作品集－世界 Ⅳ.①I18

中国版本图书馆 CIP 数据核字(2011)第 219001 号

365 夜亲子故事·秋季卷

作　　者　李　莹 编著
出 版 人　李文学
责任编辑　金敬梅　王　贺
封面设计　华阳文化
开　　本　889mm×1194mm　　1 /24
字　　数　3 千字
印　　张　3
版　　次　2011 年 11 月第 1 版
印　　次　2011 年 11 月第 1 次印刷
出　　版　吉林出版集团　北方妇女儿童出版社
发　　行　北方妇女儿童出版社
地　　址　长春市人民大街 4646 号　　邮编：130021
电　　话　编辑部：0431-85634730　　发行科：0431-85640624
网　　址　www.bfes.cn
印　　刷　武汉友联印刷有限公司
书　　号　ISBN 978-7-5385-5953-8　　定 价：12.80 元
版权所有　侵权必究　举报电话：0431-85644803

目录

05 有本事的猴医生

09 橘子老虎

16 梨子提琴

22 小青蛙有了熊爸爸

27 "咕咚"来了

33 苹果姑娘

37 老虎学艺

365夜亲子故事·秋季卷

42 兔奶奶的包心菜

47 减肥腰带

51 穷人和富人

58 花羽毛的小松鸡

62 蜗牛的屋

66 狐狸的谎言

70 豌豆上的公主

有本事的猴医生

猴医生接到猪
妈妈的电话，背
起十字药箱
急忙出诊。

lái dào sān chà lù kǒu　yǒu liǎng zhī
来到三岔路口，有两只

lú huā jī zài nà er　hóu yī shēng zhī
芦花鸡在那儿。猴医生知

dào jiǎo zhǎng ròu diàn jiào hòu de
道脚掌肉垫较厚的

nián jì jiào dà　jiù xiàng nà
年纪较大，就向那

yí wèi wèn le　lù
一位问了路。

6

路上
lù shang

又遇到两头牛为
yòu yù dào liǎng tóu niú wèi

谁大谁小而争吵。猴
shéi dà shéi xiǎo ér zhēng chǎo hóu

医生观察他俩的牙齿，说
yī shēng guān chá tā liǎ de yá chǐ shuō

出了他们的年龄，为他们解了疑。
chū le tā men de nián líng wèi tā men jiě le yí

7

dào le xiǎo zhū
到 了 小 猪

jiā zhū mā ma méi shuō
家，猪 妈 妈 没 说

nǎ ge hái zi shēng bìng le hóu
哪 个 孩 子 生 病 了，猴

yī shēng tōng guò guān chá yǎn jié máo
医 生 通 过 观 察 眼 睫 毛，

zhǎo chū le shēng bìng de zhū wá wa
找 出 了 生 病 的 猪 娃 娃。

8

橘子老虎

shù shang jiē mǎn
树 上 结 满

le huáng dēng dēng de jú zi
了 黄 澄 澄 的 橘 子，

yí gè dà jú zi bù gān xīn bèi
一 个 大 橘 子 不 甘 心 被

zhāi zǒu tā tiào dào
摘 走，她 跳 到

le dì shang
了 地 上。

yě zhēnguài tā yí luò dì biàn
也真怪，她一落地便
zhàng dà zhàng dà jìng rán biànchéng
胀大，胀大，竟然变成
le yì zhī dà
了一只大
lǎo hǔ
老虎。

10

jú zi
橘子

lǎo hǔ kànjiàn yì
老虎看见一

zhī dà huī láng
只大灰狼

zhèng yào chī
正要吃

yì zhī xiǎo
一只小

yáng yú shì tā
羊,于是她

chōng guò qù xià zǒu le
冲过去吓走了

dà huī láng jiě jiù le xiǎoyáng
大灰狼,解救了小羊。

11

xiǎo yáng shuō mā ma xiǎng
小羊说妈妈想

chī jú zi jú zi lǎo hǔ cóng
吃橘子,橘子老虎从

dù pí shang bāi xià yí bàn jú zi gěi le tā
肚皮上掰下一瓣橘子给了他。

xiǎo xī biān　jú zi lǎo hǔ yòu sòng gěi shòu
小溪边，橘子老虎又送给受

shāng de xiǎo huī tù yí bàn jú zi　yě guài
伤 的小灰兔一瓣橘子。也怪，

xiǎo huī tù de téng tòng lì kè zhǐ zhù le
小灰兔的疼痛立刻止住了。

13

bàngwǎn tā lái dào yí zuò bèi xǐ
傍晚，她来到一座被洗

jié yì kōng de guǒyuán jú zi lǎo hǔ jiāng
劫一空的果园，橘子老虎将

jú zi zhǒng zi sòng gěi yuán zhǔ
橘子种子送给园主

chóng jiàn guǒyuán
重建果园。

màn màn de zhǒng zi zhǎng chéng
慢慢地，种子长成
le jú zi shù　jú zi shù yòu zhǎng
了橘子树，桔子树又长
chéng yí piàn cōng lǜ de jú zi
成一片葱绿的橘子
yuán le　lǎo yé ye　lǎo
园了。老爷爷、老
nǎi nai kāi xīn de xiào le
奶奶开心地笑了。

故事启发　每个人都有每个人的价值。橘子老虎起初"不愿为他人而活"，最后他一次次地帮助别人，为他人活出了美丽的人生。

15

梨子提琴

小松鼠看
xiǎo sōng shǔ kàn

到地上有个
dào dì shang yǒu gè

梨，就把它
lí jiù bǎ tā

捡了起来。
jiǎn le qǐ lái

tā bǎ lí chī diào le yí
他把梨吃掉了一
bàn yòng lìng yí bàn zuò le bǎ
半，用另一半做了把
tí qín zòu qǐ le yīn yuè
提琴，奏起了音乐。

17

yì zhī hú li
一只狐狸
bèi yīn yuè xī yǐn
被音乐吸引，
tā fàng qì le zhuī bǔ
他放弃了追捕
xiǎo yě jī
小野鸡。

shān nà bian de shī zi yě tīng dào
山那边的狮子也听到
le hǎo tīng de yīn yuè bú zài zhuī gǎn tù zi le
了好听的音乐,不再追赶兔子了。

19

xiǎo sōng shǔ de qín shēng yǐn lái le sēn lín li

小松鼠的琴声引来了森林里

de zhòng duō dòng wù　　dà jiā fēn fēn zhù zú líng tīng

的众多动物。大家纷纷驻足聆听。

突然，从提琴
上掉下一粒种子，后来，这粒神
奇的种子长成梨树，结了许多大
黄梨。小松鼠把梨送给了大家。

故事启发　小松鼠的梨子提琴使森林里出现一片祥和。小朋友，美好的音乐以及梨子提琴播种的善良是不是也播到了你的心田？

21

小青蛙有了熊爸爸

xióng dǎ le qī fu xiǎo qīng wā de
熊打了欺负小青蛙的

xiǎo huā gǒu　　xiǎo qīng wā
小花狗，小青蛙

rèn xióng zuò
认熊做

bà ba
爸爸。

shéi zhī xiǎoqīng wā biàn de zhàng shì qī
谁知小青蛙变得仗势欺

rén le yí cì tā yǐ xióng bà ba de míng yì
人了。一次，他以熊爸爸的名义

xià hǔ huā mǔ jī piàn le tā de yì lóng xiǎo chóng
吓唬花母鸡，骗了她的一笼小虫

23

dì èr tiān xiǎo qīng wā yù dào xiǎo wū
第二天，小青蛙遇到小乌

guī lā zhe nǎi nai qù kàn bìng tā yí tiào tiào
龟拉着奶奶去看病，他一跳跳

dào tuō chē shang lài zhe bú xià lái le
到拖车上赖着不下来了。

xiǎo wū guī quàn
小乌龟劝
tā xià lái xiǎoqīng wā yòu ná
他下来，小青蛙又拿
xióng bà ba wēi xié tā zhè yì huí
熊爸爸威胁他。这一回，
méixiǎngdàoxióng bà ba zhēn de lái le
没想到熊爸爸真的来了。

25

xióng bà ba zhī dào xiǎo
熊爸爸知道小
qīng wā de suǒ zuò suǒ wéi hòu
青蛙的所作所为后，
shuō wǒ bú yào zhè ge huài hái zi
说"我不要这个坏孩子
le yì bǎ jiāng
了！"一把将
tā rēng jìn le
他扔进了
hé li
河里。

故事启发

熊爸爸抛弃了仗势欺人的小青蛙，我们可不要做小青蛙那样的坏孩子哦！

26

"咕咚"来了

xiǎo bái tù zài hú biān
小白兔在湖边

de yì kē mù guā shù xià tián
的一棵木瓜树下甜

tián de shuìzháo le
甜地睡着了。

27

一只
熟透了的
木瓜随风
"咕咚"一
声坠入
湖中，兔
子惊得撒
腿就跑。

28

“不好了，‘咕咚’来了！”她边跑边喊，告诉了路上的狐狸。狐狸也慌忙逃窜。

一个传一
个，大伙儿都莫
名其妙地加入
到逃跑的队
伍中来。

zhǐ yǒu yì
只有一
zhī shī zi bú xìn
只狮子不信
gū dōng　de lì
"咕咚"的厉
hai　xiǎngyào tàn
害，想要探
gè jiū jìng
个究竟。

31

xiǎo bái tù
小白兔
lǐng zhe dà jiā lái
领着大家来
dào hú biān zhèng
到湖边，正
hǎo zhè shí chuī lái
好这时吹来
yí zhènfēng yòu
一阵风，又
yǒu jǐ zhī mù guā
有几只木瓜
diào dào hú li gū
掉到湖里，"咕
dōng gū dōng de zhēn
咚、咕咚"的。真
xiàngzhōng yú dà bái le
相 终 于大白了！

苹果姑娘

wáng hòu yǒu
王后有
yí gè píngguǒ tā
一个苹果，她
bǎ píng guǒ fàng zài
把苹果放在
jīn pán zi li bǎi
金盘子里，百
bānténg ài
般疼爱。

yí wèi wáng ye ǒu yù shū zhuāng de píngguǒ gū
一位王爷偶遇梳妆的苹果姑

niang kàn de rù le mí gū
娘，看得入了迷，姑

niang xiū de zuān jìn le
娘羞得钻进了

píngguǒ zài wáng yé de
苹果。在王爷的

qǐng qiú xià wánghòu
请求下，王后

gē ài bǎ píngguǒ
割爱，把苹果

gěi le tā
给了他。

34

kě shì píng guǒ gū niang yí jù huà yě bù shuō
可是苹果姑娘一句话也不说，

měi tiān zhǐ shì shū xǐ rán hòu huí dào
每天只是梳洗，然后回到

píng guǒ zhōng wáng ye de jì mǔ
苹果中。王爷的继母

jí hèn zhè ge mí le wáng ye
嫉恨这个迷了王爷

xīn qiào de píng guǒ tā
心窍的苹果，她

chèn wáng ye bú zài ná
趁王爷不在，拿

dāo xiàng píng guǒ
刀向苹果

cì qù
刺去。

故事启发

善有善报，恶有恶报，我们要时刻怀有善良之心。

pú rén
仆人
fā xiàn le
发现了
shèn xiě de píng
渗血的苹
guǒ biàn cóng xiān nǚ nà
果，便从仙女那
er zhǎo lái mó fěn sǎ zài píng
儿找来魔粉撒在苹
guǒ de shāng kǒu chù píng guǒ de
果的伤口处。苹果的
mó fǎ jiě chú le tā zhōng yú néng kāi kǒu shuō huà
魔法解除了，她终于能开口说话
le wáng ye hé píng guǒ gū niang xìng fú de jié hūn le
了。王爷和苹果姑娘幸福地结婚了。

老虎学艺

dà lǎo hǔ
大老虎
yǎng mù xiǎo huā māo
仰慕小花猫
de gài shì wǔ gōng
的盖世武功，
jué dìng xiàng tā bài
决定向他拜
shī xué yì
师学艺。

xiǎo huā māo shōu xià le dà
小花猫收下了大
lǎo hǔ lǎo hǔ gāoxìng jí le
老虎，老虎高兴极了。

lǎo hǔ hěn
老虎很
kè kǔ zhōng yú
刻苦，终于
xué yǒu suǒ chéng
学有所成，
liàn chéng jué zhāo
练成绝招。

39

zhè shí de lǎo hǔ kāi shǐ ào
这时的老虎开始傲
shì yí qiè　　jiàn jiàn de　yě qiáo bu
视一切，渐渐地也瞧不
qǐ zì jǐ de lǎo shī le
起自己的老师了。

yí cì lǎo
一次，老
hǔ àn suàn xiǎo huā
虎暗算小花
māo māo yí yuè
猫，猫一跃
pá shàng le gāo gāo
爬上了高高
de shù ān rán tuō xiǎn
的树，安然脱险。
yuán lái māo zǎo fā xiàn le lǎo hǔ
原来猫早发现了老虎
xīn shù bú zhèng jiù bǎo liú le pá shù de
心术不正，就保留了爬树的
jué zhāo méi jiāo tā
绝招没教他。

故事启发 我们在学习和生活中要学会感恩，千万别像小老虎那样忘恩负义哦！

41

兔奶奶的包心菜

兔奶奶带着刚摘的包心菜往家走，菜心里发出一阵奇怪的叽咕声。

tù nǎi nai
兔奶奶
hǎn lái le māoxiānsheng dàn tā
喊来了猫先生，但他
mendōu tīng bu qīng bāo xīn cài zài shuō shén me
们都听不清包心菜在说什么。

43

青蛙
qīng wā

妈妈也过
mā ma yě guò

来听。突然，她叫道：
lái tīng　tū rán　tā jiào dào

"哦，我可怜的宝贝！"
ò　wǒ kě lián de bǎo bèi

yuán lái
原来
shì zhī xiǎo
是只小
qīng wā zài
青蛙在
lǐ miàn tù
里面。兔
nǎi nai xiǎo xīn de
奶奶小心地
bāo kāi le bāo xīn cài
剥开了包心菜。

45

cǐ hòu tù
此后，兔
nǎi nai qiē bāo xīn
奶奶切包心
cài qián dōu yào zǐ
菜前都要仔
xì tīng shēng
细听，生
pà shāng le
怕伤了
shén me xiǎo
什么小
shēng mìng
生命。

减肥腰带

xiǎo hú li
小狐狸

kāi le jiā yāo dài
开了家腰带

zhuān mài diàn kě
专卖店,可

wú lùn zěn me hǎn
无论怎么喊

dōu mài bu chū
都卖不出

yì tiáo
一条。

hú li
狐狸
shì zhe jiào hǎn jiǎn
试着叫喊减
féi yāo dài hé mǎ dà bó
肥腰带,河马大伯、
dà xiàng gōng gong xióng tài tai dōu lái le
大象公公、熊太太都来了。

结果，买了腰带的都没有瘦，反而腰围越来越大了。

大伙
气势汹
汹地
来到店
里，把
腰带全
系在狐狸
身上，狐狸像吹了
气似的，成了个肉团子。

穷人和富人

shàng dì
上帝
lái dào rén jiān
来到人间，
jué dìng zhǎo hù
决定找户
rén jiā jiè sù
人家借宿。

一个富人见
上帝衣着朴素，不
像有钱人，就找
理由拒绝了。

52

shàng dì lái dào qióng rén jiā shòu dào zhè
上帝来到穷人家，受到这
jiā rén de rè qíng zhāo dài shàng dì jué dìng sòng
家人的热情招待，上帝决定送
gěi zhè hù rén jiā yì suǒ xīn fáng zi
给这户人家一所新房子。

富人知情后，忙骑马追赶上帝，借忏悔提出他的愿望。

马不听使唤，富人说了些气话，马真的倒地身亡了。他把马鞍卸下来，想让妻子坐在马鞍上下不来，免得她独享美食。

他妻子
下不了马
鞍，在家吵
闹，他只好
提出愿望
放她下来。

故事启发

对人对事要平和、仁慈，不要看什么人说什么话；不贪心、不贪财，平平和和做人，平平和和做事。

fù rén chuí tóu sàng qì　　bù jǐn shén me dōu méi
富人垂头丧气，不仅什么都没

dé dào fǎn ér shī qù le yì pǐ mǎ
得到，反而失去了一匹马。

花羽毛的小松鸡

huā yǔ máo de xiǎo sōng
花 羽 毛 的 小 松
jī wèi zhēng yì kē sōng zǐ hé
鸡 为 争 一 颗 松 子 和
tóng bàn chǎo
同 伴 吵
jià la
架 啦。

58

他一气之下出走了。冰天雪地里真冷，一只狐狸向他奔来，小松鸡抖得更厉害了。

59

眼看就要被狐狸追
上了，危急时刻，众伙伴
赶来了，用刨的积雪
眯了狐狸的眼，解
救了小
松鸡。

xiǎosōng jī xiū kuì de shuō　　yǐ
小松鸡羞愧地说："以
hòu wǒ zài yě bù lí kāi jí tǐ le
后我再也不离开集体了。"

故事启发

离开了集体、离开了家的孩子,遭遇了困难和挫折,才知道家是多么温暖呀。拥有家的我们一定要珍惜这份温暖哦!

蜗牛的屋

xià yǔ tiān wō
下雨天蜗

niú men cóng lái dōu
牛们从来都

bú pà   yīn wèi tā
不怕，因为它

men dōu yǒu yí gè
们都有一个

xiǎo wū zi
"小屋子"。

yì tiān　　yòu
一天，又
xià yǔ le　　shuǐ li yǒu yì zhī
下雨了。水里有一只
mǎ yǐ āi qiú yào dào wō niú　　wū
蚂蚁哀求要到蜗牛"屋"
li bì yǔ　　wō niú bù dā ying　　kě
里避雨，蜗牛不答应，可
lián de mǎ yǐ bèi shuǐ chōng zǒu le
怜的蚂蚁被水冲走了。

雨停了，太阳出来了，蜗牛走出"屋"来，要去找点儿东西吃。

故事启发

蜗牛到哪儿都背着硬壳屋，一定很累吧？自私的人注定要与苦累相伴！

tā dān xīn zì
他担心自
jǐ yì lí kāi fáng wū bèi
己一离开，房屋被
bié rén zhànyòng yú shì zǒu
别人占用，于是走
dào nǎ er dōu bēi zhe fáng zi
到哪儿都背着房子。

65

狐狸的谎言

láng hé hú li zhuā dào yì zhī jī
狼和狐狸抓到一只鸡，

yào qǐng xióng lái jiā chī jī
要请熊来家吃鸡。

66

láng qù
狼去
hòu yuàn mó dāo
后院磨刀，
zhǔn bèi yí huì er qiē jī
准备一会儿切鸡
ròu　hú li bǎ jī zhǔ hǎo le
肉。狐狸把鸡煮好了，
jīn bu zhù yòu huò　bǎ zhěng zhī jī quán chī le
禁不住诱惑，把整只鸡全吃了。

xióng lái le   hú li piàn tā shuō láng mó dāo shì
熊来了，狐狸骗他说狼磨刀是

yào gē xióng de ěr duo xióng tīng le zhuǎn shēn jiù pǎo
要割熊的耳朵。熊听了转身就跑。

hú li yòu gēn láng sā huǎng
狐狸又跟狼撒谎

shuō xióng tōu chī
说熊偷吃

le jī
了鸡。

狼气坏了，
láng qì huài le

刀也忘了放，直追
dāo yě wàng le fàng　zhí zhuī

出去。狼追上了熊，一
chū qù　　lángzhuīshàng le xióng　yì

交谈才知道他俩都
jiāo tán cái zhī dào tā liǎ dōu

上了狐狸的当。
shàng le hú li de dàng

故事启发 遇到事情，不能只听一面之词，要学会权衡和分析，否则酿成不可挽回的大错就迟了。

69

豌豆上的公主

wáng zǐ xiǎng zhǎo
王子想找
wèi zhēn zhèng de gōng zhǔ
位真正的公主
chéng qīn dàn zǒng shì zhǎo
成亲，但总是找
bú dào zhè tiān yí wèi
不到。这天，一位
bèi yǔ lín shī de gōng zhǔ
被雨淋湿的公主
zǒu jìn le wáng gōng
走进了王宫。

wáng hòu zài chuáng tà shang
王后在床榻上
fàng le yì kē wāndòu zài diànshang
放了一颗豌豆，再垫上
hěn duō chuáng róu ruǎn de róng bèi
很多床柔软的绒被，
kě gōng zhǔ hái shi shuō hěn bù
可公主还是说很不
shū fu
舒服。

zhǐ yǒu zhēn zhèng de gōng zhǔ cái
只有真正的公主才
yǒu rú cǐ jiāo nen de pí fū wáng zǐ
有如此娇嫩的皮肤。王子
hé tā jié hūn le nà kē wāndòu yě fàng
和她结婚了,那颗豌豆也放
zài le zhǎn guǎn zhōng gōng
在了展馆中供
rén guānshǎng
人观赏。

故事启发 实践是检验真假的标准,只有通过事实才能辨别真伪。